Lamm Gottes
Du nimmst den Weg der Sünde
dieser Welt

Oder

Was an Ostern vor 2000 Jahren

schiefgelaufen ist.

Maria Anna Bröder

Ich bedanke mich bei meiner Familie, meinem gelieb-
ten Mann und allen Menschen die mir diese wundervol-
len Erfahrungen auf diesem Planeten ermöglichen.

Impressum

Texte: © Copyright by Maria Anna Bröder
Umschlag: © Copyright by Maria Anna Bröder
Verlag: Maria Anna Bröder
        83115 Neubeuern
        www.schriftliche-meditationen.de

        Herstellung und Verlag: BoD – Books on Demand, Norderstedt

Illustrationen:

ISBN 978-3-75434-4934

Printed in Germany

Bibliografische Information der Deutschen Nationalbibliothek

Die Deutsche Nationalbibliothek verzeichnet diese Publikation in
der Deutschen Nationalbibliografie; detaillierte bibliografische Da-
ten sind im Internet über http://dnb.d-nb.de abrufbar.

Inhaltsverzeichnis

Ich widme dieses Buch allen Engeln auf diesem Planeten. Denen mit vier Pfoten und denen mit zwei Beinen.

Den aktiven Demonstranten und den meditierenden Mönchen, den liebenden Nachbarn und den willigen Politikern.

Ich bedanke mich bei den kleinen Seelen, die diese schwere Last auf ihre Schultern nehmen, die ich niemals im Stande wäre zu tragen oder ich zu feige war, sie zu übernehmen.

Ich danke jedem, der sein Bestes gibt, damit wir auf dieser Erde mehr Liebe spüren.

Ich danke denen, die aufgewacht sind und nicht mehr wegsehen.

Und ich bitte Jesus um Verzeihung, dass ich es erst jetzt geschafft habe, seine Botschaft zu verstehen und in Worte zu fassen.

Lasst uns die nächsten 2000 Jahre bitte nicht mehr so verschlafen, sondern bewusst dieses Leben gestalten.

Nehmen wir dieser Dualität endlich die Macht, und uns gemeinsam raus aus dem Spiel.

Grundsätzliches

Im Laufe unseres Lebens erschließen sich uns Menschen immer mehr Wahrheiten: spirituelle, universelle, christliche oder wissenschaftliche. Es ist dann nur die Frage, ab wann wir uns entscheiden, eine Wahrheit zu akzeptieren und sie zu einem unserer Glaubenssätze zu machen.

Intuitiv spüren wir: Okay, das ist richtig.

Oder wir machen eine Erfahrung und entscheiden: Ja, das stimmt.

Oder wir studieren wissenschaftliche Abhandlungen und entscheiden uns: Ja, das muss wahr sein.

Gerade bei, nennen wir es mal „spirituellen Wahrheiten", war und ist es für mich immer äußerst wichtig, dass sie sich irgendwie ergänzen oder zumindest nicht widersprechen. Ich kann mich mit vielen verschiedenen Wahrheiten identifizieren und sie für mich annehmen, wenn sie einer anderen „Wahrheit" oder „Erkenntnis" nicht im Weg stehen. Ganz im Gegenteil: Für mich war es immer eher eine Bestärkung, wenn eine spirituelle „Behauptung" oder Argumentation, eine meiner bereits bestehenden Wahrheiten unterstützend ergänzt hat.

Vorwort

Seit vielen Jahren trage ich einzelne „Puzzlestücke" mit mir herum. „Puzzlestück" in diesem Kontext steht für eine Theorie, eine Idee oder eine spirituelle Theorie, die mir an sich logisch erscheint und somit zumindest einen kleinen Teil Wahrheit enthalten muss. Und Puzzlestücke deshalb, weil ich die einzelnen Wahrheiten bisher noch nicht zu einem sinnvollen Ganzen zusammenfügen konnte.

Meine Puzzlestücke sind:

- 1. Puzzlestück: Alle Menschen sind Kinder Gottes. Jesus ist unser Bruder.
- 2. Puzzlestück: Es gibt so etwas wie Seelenverträge bzw. vorgeburtliche Abmachungen
- 3. Puzzlestück: Das Resonanzgesetz und der damit verbundene freie Wille
- 4. Puzzlestück: Jesu Leben und sein Tod am Kreuz.
- 5. Puzzlestück: Wir Menschen vergessen bei der Geburt, dass wir geistige Wesen sind, und müssen uns erst wieder daran erinnern.

Auf den folgenden Seiten möchte ich nun versuchen, den Tod Jesu am Kreuz, die Theorie der Seelenverträge, das Resonanzgesetz und den freien Willen so miteinander zu verbinden, dass ein nach meinem Verständnis in sich stimmiges Bild entsteht, sich die einzelnen Theorien nicht widersprechen und sich somit gegenseitig, zumindest für mich bestätigen.

Dieses kleine Buch bringt meine persönlichen Wahrheiten zum Ausdruck und gründet auf meinen persönlichen Erfahrungen, meiner Intuition und meinen Idealen, meinem „Sinn des Lebens" und der Essenz aus den vielen spirituellen Büchern, die ich gelesen, und die mich zwangsläufig beeinflusst haben.

Es ist eine kurze Zusammenfassung einer Vision bzw. einer Erkenntnis, die ich hatte und anhand derer ich spontan meine Puzzlestücke zu diesem Bild zusammenfügen konnte.

Ich bin mir dessen bewusst, dass ich hier Thesen aufstelle, die gerade Menschen, denen etwas absolut Schreckliches widerfahren ist, daran hindern könnten, weiterzulesen. Ich entschuldige mich bereits vorab dafür und bitte Euch darum, es mit mir zu versuchen.

Die These, dass alle Menschen „Kinder Gottes" sind, muss auch die so genannten „bösen/schlechten" Menschen miteinbeziehen, sonst würde der Satz „Alle Menschen sind Kinder Gottes", ja nicht stimmen.

Natürlich ist eine solche Aussage mit Blick auf zum Beispiel Mord und Verbrechen, besonders an kleinen

Kindern, sehr schwer zu akzeptieren. Um einen glaubhaften Weg zu gehen, der beweist, dass dieser Satz für mich wahr ist, musste ich diese Aussage hier und jetzt konsequent durchziehen. Am Ende wirst du aber sehen, dass diese Wahrheit mit meinen anderen Wahrheiten kompatibel ist und sich ergänzt.

Keine Angst: Wir müssen uns nicht mit „schlechten" Menschen abgeben, aber wir dürfen sie segnen und hoffen, dass sie sich irgendwann wieder an ihr inneres Licht erinnern.

Einleitung

Ich wuchs als Kind einer katholischen Familie auf. Natürlich war es bei uns früher üblich, jeden Sonntag in die Kirche zu gehen. Erstkommunion, Firmung, Tischgebet, das volle Programm.

Der Satz „Lamm Gottes, Du nimmst hinweg die Sünde der Welt" war fester Bestandteil in jedem Gottesdienst.

Ich erinnere mich noch, wie ich als Kind den Satz „Lamm Gottes, Du nimmst DEN WEG die Sünde der Welt!" verstand und auf diese Weise mitbetete. Nachdem für mich einige Sätze und Gebete der Eucharistie-Feier in meinem kindlichen Denken sowieso unlogisch waren, akzeptierte ich diesen Satz, ohne ihn zu hinterfragen.

Auf alle Fälle hat er sich in meinem Gedächtnis eingebrannt und kam mir vor Kurzem wieder in den Sinn.

Das war, als ich ein von Tierschützern gepostetes Foto auf Facebook sah, gepostet, um zu provozieren, wachzurütteln, aufzuwecken.

Dieses Foto zeigte mehrere Lämmchen, die an den Vorderhufen zusammengebunden als Bündel an einem Haken hingen. Noch lebend, ängstlich, mit aufgerissenen Augen, nicht wissend, was sie erwartet, aber gewiss, dass es etwas Schreckliches sein wird. Auf diese Weise werden diese armen Geschöpfe noch lebend gewogen. Im Hintergrund waren Blutspritzer an der weiß gekachelten Wand eines typischen Schlachthofes zu sehen.

Welch harten Weg hatten diese Lämmer vor sich!

Bei diesem Anblick kam mir plötzlich mein Satz: „Lamm Gottes, Du nimmst DEN WEG der Sünde der Welt!" wieder in den Sinn.

Parallel zu dem in meinen Gedanken kreisenden Ohrwurm dieses doch so wichtigen, aber falsch verstandenen Satzes erschien vor meinem inneren Auge beim Anblick dieser aufgehängten Lämmchen der gekreuzigte Jesus.

Der unschuldige Sohn Gottes, gekreuzigt, noch lebend, der hier durch sein Leiden irgendwie dazu beigetragen haben soll, dass wir von unseren Sünden befreit wurden. Und diese armen, geschundenen Tiere, weich, flauschig, hilflos und dazu verurteilt jetzt und hier für uns zu sterben.

Nennen wir es eine Vision, eine Erkenntnis, einen Geistesblitz. Vielleicht ist Jesus mir auch persönlich erschienen. Ich weiß es nicht. Aber dieser kurze Moment, diese Bildkombination aus leidenden Lämmchen und dem gekreuzigten Sohn Gottes haben mich so beeindruckt, dass ich meine vielen kleinen Wahrheiten endlich zu einem großen

Bild zusammenfügen konnte. Noch in derselben Nacht setzte ich mich an meinen PC, und verfasste die Zeilen, die Du nun auf den nächsten Seiten lesen kannst.

„Lamm Gottes, Du nimmst hinweg die Sünde der Welt"

Viele einzelne Puzzlestücke und ein großes Fragezeichen

Mir war nie klar, was es der Menschheit oder auch nur den Mitgliedern der Kirche gebracht hat, Jesus zu kreuzigen bzw. kreuzigen zu lassen. Was hätte ich durch seinen Tod lernen können? (Oder durch seine Auferstehung?) Wovor hat sie, die Kreuzigung Jesu, mich bewahrt, wovor gerettet? Bestätigt es nicht von vornherein den allgemeinen Irrglauben, dass immer die Falschen bestraft werden? Und auch, Die Hoffnung, dass wir NICHT in der Hölle schmoren müssen, weil er sich für unsere Sünden hingegeben hat, ist ja so wohl nicht ganz richtig. Schauen wir uns doch um! Leben wir, oder zumindest ein Großteil der Menschheit, hier etwa nicht in der Hölle?

Seine Gleichnisse, oder die Geschichten über ihn, sind doch viel wertvoller als sein Tod. Was bringt uns sein ungerechter Tod, was verbessert sich konkret für mich, als arme kleine Sünderin? Was ändert das an meinen Sünden, dass Jesus für mich gestorben sein soll?

Kein Religionslehrer, keine Predigt im Gottesdienst, konnte mir plausibel und nach meiner Art zu denken nachvollziehbar und verständlich erklären, warum der Tod (klar, und die Auferstehung) des Herrn ein Grund zum Feiern (Ostern) sein sollte, und wie und warum und vor was mich sein Tod gerettet bzw. bewahrt hat.

Und auch mein Verständnis von der Welt, mit meinen vielen kleinen Wahrheiten, sind mit dem Tod und der Auferstehung von Jesu Christi nicht vereinbar gewesen. Verschiedene Sichtweisen von Wahrheiten müssen aber kompatibel sein, sonst kann der Kern keine Wahrheit enthalten.

Und da ich an Jesu Werk glaube, war es für mich immer frustrierend, dass ich sein Leben nicht mit meinen anderen Puzzlestücken verbinden konnte.

Fangen wir also mal mit meinen Puzzlestücken an:

1. „Wir sind alle Kinder Gottes!

Jesus ist unser Bruder"

Zu den Kindern Gottes gehören für mich nicht nur wir Menschen, sondern auch ganz klar die Tiere dazu. Jedes Lebewesen ist ein Teil der göttlichen Schöpfung.

Jeder Hund, jede Katze und jedes Rind oder Schwein, wurden mit einer Seele erschaffen und haben ihre heilige Daseinsberechtigung und ihre Aufgaben auf diesem Planeten.

Es gibt unzählige Menschen, die ihren Haustieren die gleiche Liebe entgegenbringen wie einem kleinen Kind. Wir weinen, wenn unser Hund stirbt und wir rennen in die Tierklinik, wenn unsere Katze vom Auto angefahren wurde. Wir spüren, dass da mehr ist, als nur ein Ding, das sich bewegt. *

Und wie in der Einleitung bereits angedeutet, ist nicht nur Jesus, sondern auch jeder vermeintlich „böse" Mensch somit ein Kind Gottes und letztendlich unser Bruder.

*Ich ziehe hier der Einfachheit halber die Grenze bei den Lebewesen, deren Gefühle wir bewusst war nehmen können (wenn wir denn empathisch genug sind). Ich traue mir zu, diese Diskussion bis zum kleinsten Virus weiter zu führen, aber ist das jetzt für die Aussage dieses kleinen Büchleins nicht notwendig.

2. Seelenverträge bzw.

vorgeburtliche Abmachungen

Vielleicht kennst du die Geschichte von Neale Donald Walsh „Ich bin das Licht". Wenn nicht, solltest Du Dir unbedingt das Buch besorgen und sie deinen Kindern und Enkeln vorlesen. Seine spirituelle Erklärung, warum manchen Menschen etwas Böses geschieht, konnte ich für mich annehmen und zu meinen kleinen Weisheiten, Wahrheiten oder Puzzlestücken ergänzend dazulegen.

In dieser Geschichte unterhält sich eine kleine Seele mit Gott. Ihr ist zwar bewusst, dass sie Licht ist, sie kann es aber nicht fühlen bzw. ER-leben. Da Gott nichts anderes erschaffen hat als Licht, ist diese kleine Seele nur von Licht umgeben und ihr fehlt somit die ER-fahrung „Licht" zu sein.

Damit eine Seele ihr Licht ER-leben kann, braucht sie die Möglichkeit, etwas Besonderes zu sein, sich abzuheben, in Kontrast zu stehen, zu lieben, zu vergeben, geduldig zu sein, zu helfen oder zu heilen. Diese Seele in dieser Geschichte entscheidet sich dazu, dass sie gerne „Vergebung" sein möchte. Da aber auch die anderen Seelen nur Licht sind, findet sie keinen, dem sie vergeben könnte.

Eine weitere Seele erklärt sich bereit, diese schwere Aufgabe zu übernehmen. Dazu muss diese zweite Seele ihre Energie sehr stark verdunkeln. In ihrem Erdenleben werden sie sich dann begegnen. Hier wird dann die eine Seele der anderen etwas antun und die erste Seele erhält so die Möglichkeit, zu vergeben. Somit kann sie ihr Licht auf der

14

Erde strahlen lassen und hat die Möglichkeit ihr Licht in ihrem Erdenleben zu ER-kennen und zu ER-leben.

Der Grundgedanke hinter dieser und vieler anderer Theorien ist:

Jede Seele entscheidet sich vorab für ihren Weg, bzw. ihre Aufgabe und erklärt sich bereit, sie hier in diesem Erdenleben zu erfüllen.

Dass wir, bevor wir in dieses Leben inkarnieren, auf irgendeine Weise unser Leben überblicken, Altlasten mitbringen oder Abmachungen eingehen, fand ich immer

15

durchaus spannend. Der Beweis, dass es wohl so sein muss, ist für mich die Begegnung mit meinem Mann. Wir haben uns bereits in der ersten Woche nach unserem Kennenlernen verlobt, was gegen jede Vernunft gesprochen hat. Im Nachhinein stelle ich fest, dass ich diese erste Zeit mit meinem Mann wie in einer Trance erlebt habe. Ich hatte ja eigentlich bewusst ganz andere Ziele und wollte garantiert nicht heiraten und Kinder bekommen. Wir waren bereits nach 5 Monaten verheiratet und 5 Jahre später hatten wir schon 4 wundervolle und gesunde Kinder. Bewusst hätte man so etwas nie planen können, für mich war das eine extrem unbewusste Zeit, die mich irgendwie dorthin gezogen hat. Auch die Umstände meines Mannes, die dazu geführt haben, dass wir uns begegnen und er mir nur 1 Woche nach unserem ersten Kuss die Frage stellt, ob ich ihn heiraten möchte, waren grenzwertig unlogisch. Aber das ist eine andere Geschichte.

Es muss also nicht immer eine schreckliche Abmachung sein. Es kann auch einfach der Grund sein, vier tollen Kindern das Leben zu schenken.

Resonanzgesetz

Als Gesetz der Anziehung (Englisch: law of attraction), auch Resonanzgesetz oder Gesetz der Resonanz, wird in der Selbsthilfe- und Lebensberatungsliteratur die Annahme bezeichnet, dass Gleiches Gleiches anzieht. Diese Vorstellung bezieht sich speziell auf das Verhältnis zwischen der Gedanken- und Gefühlswelt einer Person und ihren äußeren Lebensbedingungen.

(Wikipedia)

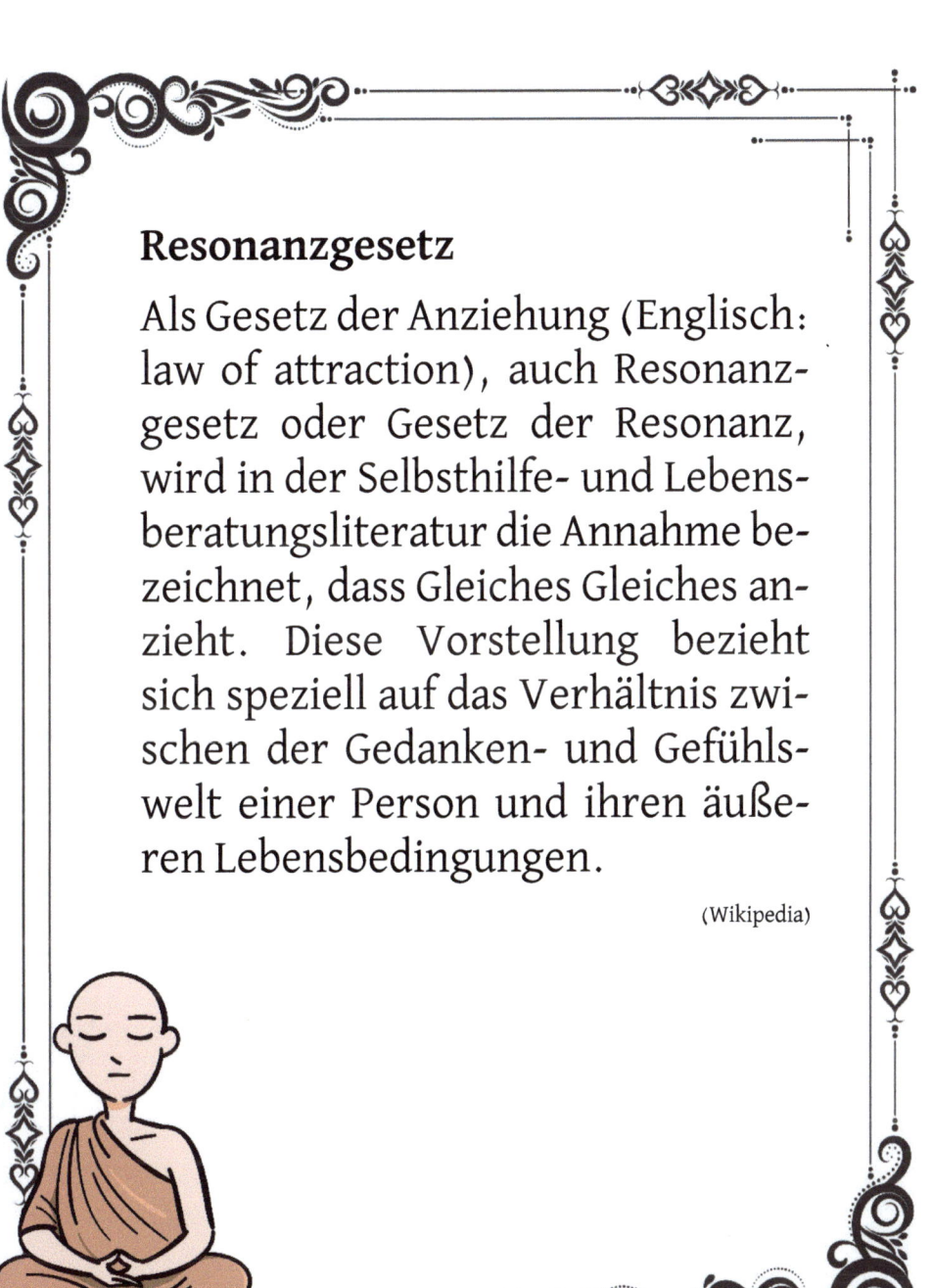

3. „Resonanzgesetz"

Ich habe unzählige Bücher zu dem Thema „Resonanzgesetz" gelesen. Durch viele praktische Übungen durfte ich in meinem eigenen Leben erfahren, dass es eine Wahrheit ist. Ich ziehe das in mein Leben, was ich ausstrahle. Wenn ich es schaffe mir bewusst zu machen, WAS ich ausstrahle, kann ich das bewusst ändern und somit meine Lebensumstände aktiv steuern und beeinflussen.

Mit der aktiven, bewussten und konzentrierten Arbeit mit dem Resonanzgesetz (Reality-Creation) habe ich es geschafft, meine Ballettschule zu manifestieren und zu verwirklichen. Die Entstehung der Schule und mein Erfolg grenzten schon fast an ein Wunder, aber auch das ist eine andere Geschichte. Für mich aber trotzdem der Beweis, dass das Resonanzgesetz funktioniert und ein Teil der großen, ganzen Wahrheit ist.

4. Seelenvertrag vs. Freier Wille/Resonanz-Gesetz

Wir haben auf der einen Seite den freien Willen, mit der Fähigkeit eines geistigen Wesens, seine Energie zu verändern und sich auf diesem Wege seine Wünsche und Ziele zu erfüllen, bzw. in sein Leben (an-)zu ziehen. Nur haben wir das eben alles vergessen, bevor wir hier auf der Erde inkarniert wurden.

Und auf der anderen Seite haben wir unsere Seelenverträge, die uns scheinbar dann doch in eine vorgegebene Richtung drängen oder unweigerlich in die Nähe von bestimmten Menschen und in Situationen bringen, die wir vorab entschieden haben.

Diese ganzen „Gesetz-der-Anziehung-Bücher" wollen uns verkaufen, wir könnten ein Leben führen, wie wir es wollen: Kann ich das mit meinen Seelenverträgen kombinieren?

Ich sage: Ja!

Über jedem Seelenvertrag steht der freie Wille! Der Wille, bewusst etwas auszustrahlen und anzuziehen. Betonung liegt hier auf „bewusst".

Mit verschiedenen Übungen, die ich unter anderem in meinen Arbeitsbüchern: „Schriftliche Meditationen für mehr Klarheit und Freiheit" vorgestellt habe, aber auch Mithilfe von verschiedenen Reality Creation-Techniken, dem Arbeiten mit dem Gesetz der Anziehung/Resonanz, wird immer wieder bestätigt und untermauert, dass wir unsere Seelenverträge ändern, kündigen oder neu ausrichten können.

Durch diese Übungen mache ich mir bewusst, was in meiner Eigenverantwortung liegt, das ich erlebe und das mir zustößt und was nicht. Ich bin meiner Umwelt nicht (mehr) hilflos ausgeliefert, sondern kann mich bewusst dazu entscheiden, wie ich meine Umwelt wahrnehme, bzw. was ich erleben will.

Zuerst muss ich aber an einen Punkt kommen, an dem ich meine Rolle, die ich hier in diesem Spiel spiele, als selbsterschaffen akzeptiere. Erst dann kann ich aktiv daran arbeiten.

Ich muss mich soweit aus meiner Opferrolle befreit haben, dass ich fähig bin, meine Eigenverantwortung zu erkennen und damit zu arbeiten. Erst dann kann ich von „freiem Willen" sprechen.

Die schwerste Aufgabe für uns ist letztlich, wenn ich mich als Opfer sehe, zu erkennen: Wann, wo und wie habe ich selbst dazu beigetragen, zu einem Opfer zu werden? Erst an diesem Punkt kann ich dann frei entscheiden: Mache ich so weiter, oder will ich etwas ändern?

Somit haben viele Motivations-Trainer und Transformations-Coaches wieder recht: Jeder bekommt das, was er will!

Es ist nur eine Frage der Zeit und des Bewusstseins.

5. „Wir vergessen, dass wir in erster Linie ein geistiges Wesen sind."

Angenommen, diese Theorie stimme: Wir haben bereits vor unserer Geburt hier auf Erden existiert und vergessen bei unserer Geburt alles, was wir davor erlebt haben. Sei es nun unsere vorangegangenen, mehreren Leben oder unsere mit anderen Seelen getroffenen Abmachungen. Natürlich vergessen wir auch, dass wir Kinder Gottes sind, oder ein Teil von Gott, oder dass Gott in uns ist, oder dass Gott in allem ist und das Gott grundsätzlich ja nur Licht erschaffen hat und wir somit auch Licht sind.

Sprich, wir vergessen alles, was wir jemals waren, und dass wir in erster Linie geistige Wesen sind.

Wir vergessen und kommen hier als Menschen auf die Erde. Die Erbsünde lassen wir jetzt hier mal weg, es sei denn wir interpretieren unsere Erbsünde als Teil unserer Seelenverträge oder vorgeburtlichen Abmachungen.

Jetzt leben wir eine gewisse Zeitspanne vor uns hin, lernen krabbeln und laufen. Wir kommen in die Pubertät, werden von Umfeld, Elternhaus, Schule, Erziehung geprägt und schließlich da hingeführt, wo wir ja bereits wie geplant entschieden haben: „Da muss ich hin! Hier habe ich was zu erledigen."

Jetzt erfüllen wir unsere Seelenverträge oder Abmachungen und kommen irgendwann an der Stelle an, wo die eine Seele einer anderen etwas antut, damit diese Vergebung lernen, fühlen, leben und spüren kann.

Vor dieser Rolle habe ich höchsten Respekt, denn das ist ein extrem harter Job und es ist vor allem schmerzhaft, bis man überhaupt an den Punkt kommt, an dem man Vergeben gelernt hat, es umsetzen und spüren, ja sein kann.

Jetzt hat diese Geschichte mit den zwei kleinen Seelen, die sich vor ihrer Geburt auf unserer Erde absprechen: „Ok, Du tust mir was an, und ich kann dir dann verzeihen und erlebe, wie toll und liebevoll und Licht-Kind-Gottes ich bin", natürlich zwei Seiten.

Das heißt, für ihren Weg zur Erleuchtung, zur Schulung ihrer Fähigkeiten, um ihre göttlichen Eigenschaften zu ER-fahren, um sich an ihr wahres Selbst wieder zu ER-innern, hat die eine Seele die Möglichkeit zu verzeihen und zu vergeben. Eine klare Aufgabenstellung mit definierbarem Erfolg.

Der ein oder andere, der vorhin den Teil mit der Opferrolle gelesen hat, wird bestimmt das ein oder andere Mal überlegt haben: „Ja, aber was ist mit kleinen Kindern, die vernachlässigt, gequält und geschlagen werden?" Wenn man an diese kleinen unschuldigen Wesen denkt und dir dann jemand erzählt, dass das ihr eigener Wille gewesen sei, dass diese es ja ganz leicht ändern könnten, möchte man doch innerlich schreien, das ist doch Quatsch oder gar herzlose Empathielosigkeit, oder etwa nicht?

Auch für mich war es lange ein Rätsel, wie sich diese Sachverhalte kombinieren lassen, so dass sie sich eben nicht widersprechen. Auch fühlte es sich für mich lange nicht stimmig an, dass man für sich freiwillig so einen schweren Weg auswählt, nur um dann Vergebung lernen oder fühlen zu können.

Ein weiterer Punkt ist, dass es ein gewisses Energie-Niveau braucht, um sich selbst von seinem Seelenvertrag zu lösen, um wirklich aktiv und bewusst seine Realität beeinflussen zu können. Somit sind kleine Kinder und Tiere unweigerlich ihren Seelenverträgen ausgeliefert und haben kaum Möglichkeiten, sich selbst hier auf der Erde aus eigener Kraft zu retten. Deshalb bringt es einem hungernden Straßenkind in Brasilien auch nichts, wenn ich ihm Weisheiten aus meinem Transformations-Seminar erzähle und zu ihm jetzt sage: „Erhöh mal Deine Energie, dann geht es Dir besser!"

Zu ihm muss jemand kommen und seine Aufgabe oder seine Rolle erfüllen und sich als Helfer und Retter Er-Leben. Diesem Kind muss geholfen werden, ein Energie-Niveau zu erreichen, ab dem es überhaupt erst in der Lage ist, sich aus seiner Opferrolle zu befreien. Oder das Kind muss noch eine andere Aufgabe erfüllen, die es sich wohl vor seinem Erdenleben ausgesucht hat.

Somit kommen wir zurück zu Neale D. Walshs Geschichte:

Und ich frage: Was ist mit der dunklen Seele? Diejenige, die freiwillig ihr Licht unter den Scheffel stellt? Die Seele, die sich vorab so ein Umfeld ausgesucht hat, damit sie durch ihre Erfahrungen dahin geführt wird, einer anderen Seele etwas an zu tun? Die, welche Vergebung braucht?

Diese andere Seele berücksichtigt Neale D. Walsh in seiner Geschichte leider nicht.

Diese hat ja erst recht vergessen, dass sie eigentlich Licht ist. Gerade diese Seele muss doch lernen, oder braucht Hilfe zu erkennen, dass auch sie ein Kind Gottes ist. Gerade für diese Kinder Gottes, die ihren liebevollen und göttlichen Ursprung so sehr vergessen haben, dass sie überhaupt fähig sind, einer anderen etwas anzutun, gerade diese Seele braucht Hilfe, sich aus ihrem niedrigen Energie-Level zu erheben. Jemanden, der sich bereit erklärt: „Ok, Du darfst mir was Böses antun und vielleicht schaffe ich es, dass Du Dich daran erinnerst, dass Du auch ein Kind Gottes bist und wir uns eigentlich lieben!"

„Hunde sind Engel auf vier Pfoten!"

Diese kleinen zarten Seelen stellen sich zur Verfügung und erfüllen auf eine wahnsinnig schwere Art ihre Aufgabe als Engel hier auf dieser Erde. Vernachlässigte und gequälte Tiere, zum Beispiel Straßenhunde oder Mäuse im Versuchslabor, opfern sich, nehmen diese Schmerzen und Schikanen auf sich, in der Hoffnung, dass vielleicht ein bisher empathieloser Mensch beim Anblick dieses Häufchen Elends zum

Nachdenken gebracht wird, dass eine Seele, die ihren wahren Kern vergessen hat, wieder aufwacht und ihren Schritt vorwärts in ihrer Entwicklung macht, dass ein Mensch mit „Scheuklappen" vor seinem Herzen einen Funken Liebe in sich entdeckt und zu überlegen beginnt, ob hier nicht doch etwas gewaltig schiefläuft.

Manches kleine, unschuldige Lamm, manches kleine Kind oder so manches junge Mädchen haben sich da einen besonders schweren Weg ausgesucht.

„Lamm Gottes, Du gehst den Weg der Sünde der Welt!"

Wähle erneut! Helfer, Opfer, Täter.

Der Wille, mein Leben bewusst und kreativ selbst zu gestalten, der Wille, an meinen bewussten und unbewussten Glaubenssätzen zu arbeiten und mich aus meiner Opferrolle zu erheben, von den Toten aufzuerstehen, ein Stückchen weiterzukommen, mein Licht zu erkennen, das ist mein kleiner Beitrag zur Evolution dieses Planeten.

Und was mach ich jetzt damit?

Aus dem Zombie-Modus in die Rolle des erleuchteten Kriegers wechseln? Es ist deine Entscheidung.

Jetzt ergibt das auch alles wieder ein bisschen mehr Sinn:

Wir haben auf der einen Seite **die erleuchteten Wesen** hier auf Erden, die helfen.

Wir haben **die dunklen Seelen**, die hier auf Erden etwas tun, damit die anderen ihnen vergeben können. Die dunklen Seelen haben die Verbindung zu ihrem wahren Selbst so sehr verloren, dass sie von außen einen Impuls brauchen, damit sie sich aus ihrer Dunkelheit befreien, ihre Dunkelheit erkennen und aufwachen können.

Und wir haben **die kleinen hilflosen Seelen**, die sich opfern und versuchen, durch ihre Liebenswürdigkeit den dunklen Seelen die Chance zu geben, ihre Dunkelheit, ihre Boshaftigkeit erkennen zu lassen und bewusst zu machen.

So sehr, wie die kleinen Seelen komplett hilflos ausgeliefert sind und von Helfern befreit werden müssen, so sehr sind die dunklen Seelen auf einen Impuls von außen angewiesen, damit sie ihr Licht erkennen.

Evolution?

Folgt der Trend zu Umweltschutz, Tierschutz und Veganismus daraus, dass Tierschützer in Fußgängerzonen Flashmobs organisieren oder kostenlos veganes Essen verteilen? Oder ist das der ganz normale evolutionäre Stand? So wie wir unserem Nachbarn ja auch nicht mehr mit der Keule auf den Kopf schlagen, sondern uns einen Anwalt nehmen?

Beschleunigt das zur Schau Tragen von Leid und Ungerechtigkeit die empathische Entwicklung unserer Mitmenschen?

Für mich ja. Ohne die aktive Arbeit der Tierschützer, ihrer Demos, ihrer Online-Arbeit, das Verteilen von Flyern und Videos auf Youtube, würde ich immer noch mein Rinder-Steak schön medium mit Pfeffersoße und Pommes essen.

Vielleicht befindet sich unser Planet ja auch einfach noch auf dem Niveau, wo man die Leute anstupsen muss und sagen muss: „Hey! Schau da mal hin und überleg mal!"

Vielleicht müssen wir uns gelegentlich noch einen Flyer gegen Massentierhaltung, Fracking oder die

Regenwaldzerstörung auf den Kopf schlagen lassen. Wenigstens ist es keine Keule mehr.

Empathie muss auf allen Ebenen gefördert werden. Beschneidungen, Vergewaltigung, Menschenhandel. Es brennt doch an allen Ecken und Enden. Wie weit sind wir von dem stumpfen Empfinden eines Höhlenmenschen oder eines halbtoten Zombies eigentlich entfernt? Was braucht es denn noch, um uns aus unseren alten Gewohnheiten zu reißen?

Natürlich hebt ein meditierender Mönch auf seinem Berg den Durchschnitt der Energie dieses Planeten, aber bei einem Großteil der Menschen braucht es ein bisschen mehr, damit sie mal zum Überlegen anfangen. Wenn wir schon voraussetzen, dass alles Energie und Licht und spirituell ist, was bringt unseren Planeten voran?

Und was hat das jetzt alles mit Ostern zu tun?

Empathie und Dankbarkeit vs. Mit-Leid?

Beginnen wir noch einmal mit den voran besprochenen Thesen:

- Ich ziehe an, was ich ausstrahle.
- Ich bin in erster Linie ein geistiges Wesen.
- Ich habe mir mein Umfeld ausgesucht.
- Meine Sehnsüchte und Herzenswünsche bringen mich meiner Bestimmung auch näher.
- Und wenn ich mir dessen bewusst bin, kann ich meine Realität mit meiner eigenen Energie beeinflussen, verändern und auflösen.

Was bringt uns und die Entwicklung der Menschheit weiter?

Nehmen wir als Beispiel die Tiere im Schlachthof, für die sich die vielen Tierschützer einsetzen: Soll ich mit den Tieren Mit-Leiden oder ihnen dankbar sein? Ist es nicht so, dass Mit-Leid das Leid ja vermehrt? Es leidet jemand MIT. Wie oft hat schon ein Mensch zu einem anderen gesagt: „Ich brauche Dein Mitleid nicht!" Was wäre besser? Bewunderung? Faszination? Dankbarkeit?

Wäre es auf energetischer Ebene nicht besser, diesen Tieren, die sich tagtäglich dafür hingeben für uns zu leiden, welche diesen schweren Weg auf sich nehmen, aus tiefstem Herzen dankbar zu sein?

Fühl dich doch mal hinein. Auf diesem Weg gibt es energetisch betrachtet wohl eine ganz andere Ausgangssituation.

Ich zeichne mal ein skurriles Bild, wie Tierschützer nicht weinend vor Schlachthöfen Kerzen in der Hand halten, sondern, wie sie die Viehtransporter zum Schlachthof begleiten, sich bei den Tieren bedanken und ihnen Mut zusprechen: „Toll machst Du das!"

Total schräg? – Vielleicht ...

Wenn eine Frau in den Wehen liegt, sagt man ja auch nicht: „Wow, Dir geht's ja richtig Scheiße. Schrecklich, diese schlimmen Schmerzen!" Sondern, man hält ihr die Hand, und ermutigt sie, durchzuhalten, man ist stark neben ihr, um ihr Kraft zu geben, damit sie es schafft, nicht aufzugeben. Für das große Ganze am Ende. Wie viele Kühe mussten in Schlachthöfen gefoltert und unter schlimmsten Bedingungen getötet werden, damit jedes Jahr mehr und mehr Menschen aufwachen und im Regal dann doch zu dem Veggi-Steak greifen?

Wie viele Stiere sind in Arenen zusammengebrochen, bis es der eine endlich schaffte, das Herz eines Toreros zu berühren, damit dieser seinen Job, das Töten, nicht mehr ausführen konnte und damit jedes Jahr tausende von Menschen auf die Straße gehen, um gegen Stierkämpfe zu protestieren?

Was haben die Tiere davon, wenn wir trauern und weinen? Hilft es energetisch nicht mehr, ihnen und uns zuzureden: „Es wird alles gut! Wir tun, was wir können! Wir tun unseren Job! Ihr tut Euren, und ihr macht ihn toll! Bald braucht ihr ihn nicht mehr zu tun. Dann ist alles gut."

Welche Energie schwingt höher? Mitleid, Wut oder Dankbarkeit?

Was würde es bedeuten, als Tierschützer unsere Energie auf das Niveau der Dankbarkeit zu heben? Dankbarkeit diesen armen geschundenen Seelen gegenüber, die sich dafür hergeben, dass vielleicht eine dunkle, vom Weg abgekommene Seele kurz innehält, kurz zum Überlegen anfängt und vielleicht ihre Richtung ändert.

**Das Energie-Niveau unseres Planeten ist der
Durchschnitt seiner Teile.**

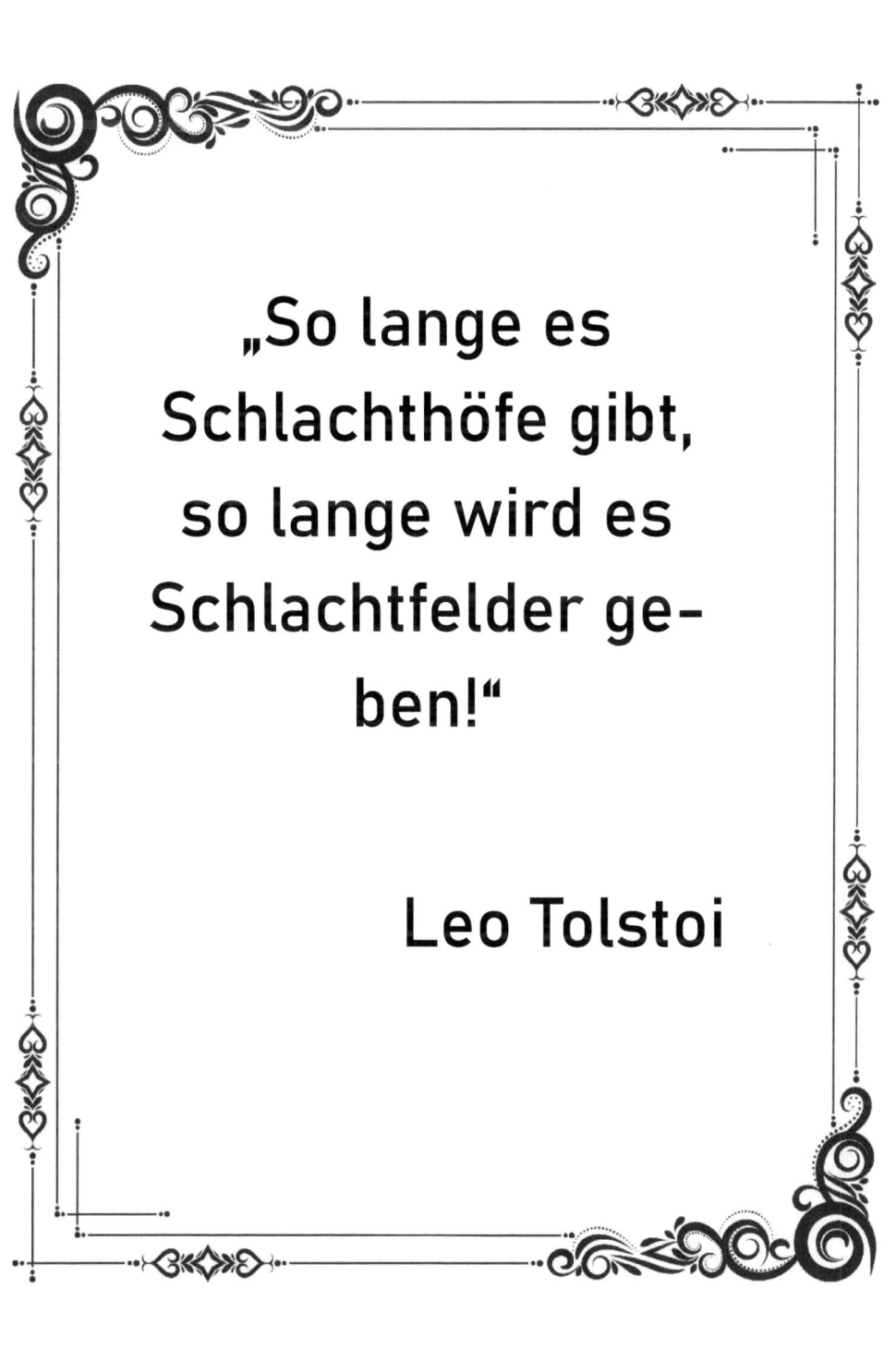

„So lange es Schlachthöfe gibt, so lange wird es Schlachtfelder ge-ben!"

Leo Tolstoi

Lamm Gottes, Du nimmst DEN WEG der Sünde dieser Welt!

Einen verdammt harten Weg hast Du Dir da ausgesucht.

Evolution oder Erziehung?

Vom Neandertaler zum anzugtragenden Bankmanager

Somit gibt das im kleinen Kreis gesponnen alles einen Sinn.

- Wir sind alle Kinder Gottes.
- Auch Tiere haben eine Seele und somit eine Aufgabe hier und jetzt.
- Wir überblicken vor unserer Geburt unser Leben und entscheiden, welche Aufgabe wir erfüllen wollen.
- Die einen lernen Vergebung.
- Die anderen lernen von ihren Sünden abzulassen, oder eben nicht.
- Und indem wir uns weiterentwickeln, kommen wir dem „Himmel auf Erden" ein kleines Stückchen näher.
- Wenn wir es denn wollen, den über allem steht der freie Wille!
- Die Erkenntnis, dass wir mit unseren Gedanken unsere Realität beeinflussen können, bringt uns näher an die Erkenntnis, dass wir in erster Linie geistige Wesen sind.

Betrachte ich das nun in Bezug auf das große Ganze, suche ich noch nach der Bedeutung.

Fangen wir beim knüppelschwingenden Höhlenmenschen an und blicken von außen auf die Entwicklung bis hin zum hochgebildeten, anzugtragenden Bankmanager.
Wozu? Wozu dieses viele Leid? Wo führt das hin? Und wieso sind wir nicht schon da?
Wieso gehen wir den Weg durch diese Hölle und sind nicht schon von Anfang an auf Pandora*?

Wieso vergessen wir bei der Geburt unsere Herkunft? Dann können wir auch alles vorab Besprochene komplett weglassen und es einfach Evolution nennen. Vom erd- und dreckgebundenen Affen zum denkenden, philosophierenden Schlipsträger und Snob. Von der Materie in den Geist. Vom Anpacken zum Denken. Vom Neandertaler zum Aktienhändler und Börsenmakler.

Viel passiert ist da in unserer Entwicklung ja wohl nicht. Außer, dass wir vermutlich einen angenehmeren Körpergeruch haben. Und auch wenn wir das jetzt nicht hören wollen:

*Aus dem Film: „Avatar-Aufbruch nach Pandora". Pandora ist ein hochentwickelter Planet, auf dem humanoide Lebewesen in perfektem Einklang mit der Natur leben.

Wir wollten es alle so.

Ja, denn hier greift wieder unser freier Wille.

Wenn ich mich meditativ auf einen erleuchteten Planeten denke, bei dem wir alle händchenhaltend ums Lagerfeuer sitzen und Lieder singen, stelle ich fest, dass mich das über kurz oder lang allein in Gedanken schon langweilen würde. Vielleicht habe ich auch eine falsche Vorstel-

lung davon. Trotzdem sehnen wir uns alle erst dann nach der Ruhe eines Klosters, wenn wir kurz vor dem Burn-out stehen.

Wenn du dein Leben vorab überblicken kannst, wofür entscheidest du dich?

Allein an der Art, wie du auf tägliche Herausforderungen reagierst, erkennst du, dass du dir diesen Weg ausgesucht hast. Streiten, wütend und sauer sein, das macht doch manchmal auch einfach nur Spaß. Das tägliche Drama, die hochkochenden Emotionen, diese überschwängliche Energie, die uns durchströmt, wenn wir lieben, küssen, kämpfen und schimpfen, ist doch einmalig, wild und frei.

Sind wir nicht gerade jetzt in einer extrem spannenden Zeit? Wir leben auf einem Spielfeld namens Erde, in diesem Körper, in diesem Leben. Lasst uns diese Show doch genießen, daraus lernen und aktiv dazu beitragen, dass sich etwas ändert. Gerade

jetzt und gerade hier kann man doch wunderbar aktiv zur Veränderung beitragen. Vielleicht greift auch hier noch das Gesetz der Resonanz, dass selbst meine Seele von dem Planeten/Erdenleben angezogen wird, in dessen Energie sie schwingt.

Ja, es gibt sie, die Menschen, die schon jetzt einfach aus dem Spiel ausgestiegen sind und sich an ihr wahres göttliches Selbst erinnern. Menschen, die ihre Emotionen, das Urteilen und sich selbst vom Spielfeld einfach rausnehmen und in ihrem Umfeld der Dualität die Macht nehmen. Diese werden in ihrer nächsten Inkarnation vermutlich anders wählen. Aber wie viele sind das schon?

Wir haben jeden Tag die Möglichkeit uns zu entscheiden. Bin ich Mönch oder Drama-Queen? Täter, Opfer, Retter oder Zuschauer?

Friede – Freude – Eierkuchen – das ist ja auch ein bisschen langweilig. Wir alle wollten diese Duale Welt. Ying und Yang. Schwarz und weiß! Grau ist eher Soße. Wir wollen Emotionen. Wild und leidenschaftlich. Wir wollen Stress und Hektik, Strafe und Belohnung. Wir wollen Ehrgeiz und Faulheit. Liebe und Hass. Mach Dir das einfach mal bewusst!

Die innere Ausgeglichenheit eines tibetanischen Mönchs könnte jeder von uns haben. Jetzt. Sofort! Wir haben ja den freien Willen. Wir wollen es nur nicht.

„Mimimi, aber ich muss doch arbeiten."

Stress ist selbst belohnend. Wir jammern halt alle zu gerne. Mitleid bekomme ich jetzt auch gratis über Facebook. Ich habe viel Stress, also bin ich fleißig. Ich habe viel Geld, also bin ich gut.
Ich stehe kurz vorm Burn-out, also bin ich besser. Ich rette Tiere, also bin ich erleuchtet. Von dem ums Überleben kämpfenden Affenmensch zum denkenden, um Aufmerksamkeit heischenden Narzissten. Auch die Teilnehmer auf den Demos bekämpfen sich lieber gegenseitig, lästern und verurteilen, als in Frieden für die gleiche Sache einzustehen.

Nicht kämpfen! Sich erinnern, einfach lieben, einfach Sein. Wenn ich selbst meine Ängste, Stress oder Streit wahrnehme und ich mich am liebsten in Wut, Vorwürfen und in meinem Selbstmitleid eingraben möchte, merke ich, wie sich meine Energie erst zum Positiven verändert, wenn ich mir bewusst mache, dass das Erleben dieser Situationen, die Art wie ich JETZT darauf reagiere, meine freie Entscheidung ist. Dass ich selbst, wenn auch nur energetisch, dazu beigetragen habe, dass es jetzt so ist, wie es ist und mich somit in jeder Minute entscheiden kann, wie ich jetzt und hier auf meine, von mir selbst erschaffene Situation reagieren möchte. Und, dass meine Art zu reagieren selbstverständlich auch meine zukünftige Realität beeinflusst und mitgestaltet.

Wenn ich mir dazu ins Bewusstsein rufe, dass hinter all dem Chaos ein höherer Sinn stehen könnte, dass ich diesen Sinn vermutlich gerade noch nicht erkenne, für den ich mich aber irgendwann einmal entschieden habe, um etwas zu lernen oder jemand anderem auf irgendeine Art und Weise zu helfen und mich dann in meiner nächsten Meditation ans Lagerfeuer mit meinen meditierenden Mitmenschen setze, auf meinem erleuchteten Planeten im Parallel-Universum, dann merke ich bereits nach 5 Minuten wie mich das schon wieder langweilt. Dann versöhne ich mich mit meinem Mann und freue mich auf unseren nächsten Zoff.

Somit ist es egal, welcher Wahrheit, welcher Theorie wir mehr glauben wollen. Entscheidend ist und bleibt das JETZT.

Wo stehe ich jetzt und wo will ich hin.

Auch mit dem Gesetz der Resonanz, oder gerade damit, habe ich ja die Möglichkeit jeden Tag aufs Neue zu wählen. Jeden Tag zum Besten meines Lebens zu machen

Für welchen Weg hat sich Jesus entschieden?

Wenn du jetzt bis hier hin gelesen hast, gehe ich davon aus, dass du die ein oder andere Theorie mit mir teilst und sie vielleicht auch schon ein Teil deiner Wahrheit ist. Oder du bist einfach neugierig geworden, wo das alles jetzt noch hinführen soll. Denn in meiner kleinen Auflistung fehlt nun noch ein Puzzle-Teil, das darauf wartet auf seinen Platz gesetzt zu werden.

Wenn wir davon ausgehen, dass das Resonanz-Gesetz ein Teil der Wahrheit ist, dass wir vor dem Beginn unseres Lebens wussten, was uns erwartet, dass wir uns diesen Weg vorab ausgesucht haben, um dem „Großen Ganzen" auf irgendeine Art und Weise einen Dienst zu erweisen, wie lässt sich das auf das Leben Jesu übertragen?

Hier muss ich erwähnen, dass ich an die Heilungsgeschichten von Jesus glaube. Der Beweis ist ja auch, dass es immer wieder großartige geistige Heiler gibt, auch wenn diese in unserer Gesellschaft eher todgeschwiegen werden. Ein Beispiel ist Bruno Gröning. Bruno Gröning ist für mich auch wieder ein Beweis, dass der Satz von Jesus: „Was ich getan habe, das könnt auch ihr tun", wahr ist und dass eben JEDER Mensch ein Kind Gottes ist und somit Jesus eben nicht wirklich anders war als wir alle.

Doch passt es nicht in das Bild des Resonanz-Gesetzes, dass jemand, der eine so hohe Energie besitzt, jemand, der Menschen heilen kann, jemand, der seine Erkenntnis vom großen Ganzen hatte, schließlich als Opfer an ein Kreuz genagelt wird ...

...es sei denn er entscheidet sich bewusst dafür.

Wir stellen uns vor: Jesus war noch ein kleines Kind, da kam es dazu, dass ihm bewusst wurde, oder dass er sich selbst einredete, oder dass er sich dazu entschied, etwas Besonderes zu sein. Er hat als einziger seine Herkunft nicht vergessen. Oder sie ist ihm wieder eingefallen. Vielleicht hatte er eine Erkenntnis, eine Vision, eine Erleuchtung. Vielleicht hat Maria ihm von ihrer Erscheinung des Engels erzählt. Oder das daraus resultierende Verhalten Marias Jesus gegenüber hat vielleicht unbewusst dazu geführt, dass Jesus sich zu diesem besonderen Menschen entwickelt hat. Irgendetwas, dass ihn erkennen ließ: Ja, so ist es!

Er hatte seine Erkenntnis vom „Großen Ganzen", sein Erwachen, seine Erleuchtung. Ab dem Moment war sein ganzes Denken, sein Fühlen, sein Handeln, sein Streben darauf programmiert, er ist „Der Sohn Gottes".

Wenn ein Gedanke so fest in jemandem verankert ist, natürlich kann er dann Wunder wirken. Er zieht die Menschen an, die ihn weiterbringen, die ihn seiner Bestimmung näherbringen.

Seine Intuition, sein ganzes Denken, seine ganze Ausstrahlung prägt ihn und sein Umfeld reagiert darauf und spiegelt ihn, was die ganze Sache wieder verstärkt.

Jesus musste etwas Großes vollbringen, er musste Spuren hinterlassen, denn seine Aufgabe war es, „unsere Sünden hinweg zu nehmen!"

.

„Siehe, das ist Gottes Lamm, das der Welt Sünde trägt!"

https://www.bibleserver.com/text/LUT/Johannes1%2C29

Er hat seinen Job verdammt gut gemacht.
Er ist seinen Weg gegangen.
Er hat deutliche Spuren hinterlassen...

...nur haben wir völlig versagt.

„..., dass er gebe sein Leben zur Er- lösung für viele"

(Mt. 20, 28) https://www.biblisch-lutherisch.de/startseite/was-be-deutet-jesu-kreuzestod-für-uns/

Was war seine Aufgabe?

Jesus hat unsere Sünden nicht hinweg genommen. Jesus ist am Kreuz gestorben, damit wir erkennen, was eine Sünde ist.

Nämlich, zuzusehen, wie einer unserer Brüder gefoltert, gequält und getötet wird, ohne etwas dagegen zu unternehmen. Es war seine bewusste Entscheidung, die Rolle des Opfers in diesem Moment zu spielen, in der Hoffnung, dass jemand oder vielleicht sogar alle, aufwachen und etwas ändern.

Ja, Jesus hat unsere Sünden getragen. Er hält sie bis heute aus. Denn sein Tod und die Auferstehung war nicht das Ziel.

Die Wahrheit ist immer einfach. Denn Gott ist einfach. Gott hat nicht in Rätseln gesprochen. Gott sagt: „Du sollst nicht töten!" und wir nageln einen unschuldigen Menschen ans Kreuz. Er sagt: „Liebe Deinen Nächsten wie Dich selbst!" und wir schicken Bomben um die Welt.

Von dieser Sichtweise aus sind wir noch sehr weit entfernt davon, von unseren Sünden befreit zu werden.

Jesus ist nicht am Kreuz gestorben, damit all unsere Sünden von uns abgewaschen sind.

Jesus ist am Kreuz gestorben, weil wir nicht erkannt haben, dass es eine/unsere Sünde ist, ihn dort sterben zu lassen.

Jesus ist unser Bruder

Wenn wir alle Brüder und Schwes-
tern im Herrn und alle Brüder
Jesu sind, dann sind die ge-
töteten Kinder in Syrien,
die hungernden und lei-
denden Menschen in Af-
rika, die gequälten
Tiere in den Schlacht-
höfen ein Synonym für
das Leiden Christi am
Kreuz.

**Jedes blutverschmierte
Gesichtchen eines kleinen
Kindes, das in einem Kriegs-
gebiet stirbt, ist ein Abbild Jesu
Christi, den wir wieder und wieder ans Kreuz nageln.**

Jedes zerbombte Dorf, jede vergewaltigte oder beschnit-
tene Frau trägt unsere Sünden auf ihren Schultern.

Jedes Lämmchen, dass wir an einen Metzgerhaken hängen
und schlecht betäubt die Kehle aufschneiden, jede Kuh die
noch röchelt, während sie gehäutet wird, ist ein Engel des
Herrn, der diesen Weg nimmt, und uns bittet aufzuwachen
und endlich die Sünde der Welt hinweg zu nehmen.

Jesus macht das nicht für uns. Gott macht das nicht für uns. Denn es ist jeden Tag unser freier Wille, den wir leben dürfen.

Jeder erwachte Mensch, der das erkannt hat und die Botschaft weiterträgt, sich auf die Straße stellt und für eine bessere Welt kämpft, ist in meinen Augen ein Jünger des Herrn.

Wir hören ihnen nicht zu!

Es ist unser Weg zur Erleuchtung, diese Sünden zu erkennen und weg zu nehmen. Die halbverhungerten Straßenkinder und die Tiere sind unsere Lehrmeister, nur hören wir ihnen nicht zu!

Wenn ich auf der Theorie aufbaue, dass die Seele ihr Leben vorher überblickt, und vorab weiß, worauf sie sich einlässt, dann ist das wohl der schwerste Weg, den man sich als Kind Gottes aussuchen kann. Wie angenehm ist doch dann die Rolle des Retters und Helfers. Und viel zu viele nehmen nicht einmal diese an.

Wir können nur dafür sorgen, dass sich immer weniger Kinder Gottes für diesen schweren Weg entscheiden müssen. Damit nicht mehr allzu viele von ihnen für unsere Sünden ans Kreuz genagelt werden müssen. Damit die Sünde endlich und bald wirklich weg ist von dieser Welt.

Bedank Dich bei jedem Kind Gottes, dem Du nicht direkt helfen kannst, dass es sich für diese schwere Aufgabe geopfert hat und bete, dass sein Leiden nicht umsonst war. Bete, dass sein Leiden wenigstens von irgendjemand wahrgenommen und ihn auf SEINEM Weg zu ewigen Frieden ein Stückchen nähergebracht hat. Begleite in Deinen Gedanken diese Seele zurück ins Licht, zurück zu Gott.

Sei selbst ein Licht, dass es hier auf dieser Erde ein bisschen heller wird. Lass nicht zu, dass noch mehr Kinder Gottes ans Kreuz genagelt werden oder diesen Weg nehmen müssen.

OK! Und jetzt?

Jetzt blicke ich auf meine vielen Puzzlestücke, die zusammen plötzlich einen Sinn ergeben. Und ich frage mich: Selbst, wenn wir akzeptieren können, dass es unser freier Wille war, jetzt und unter diesen Umständen, zu dieser

spannenden, chaotischen, schönen aber auch schrecklichen Zeit auf diesem Planeten zu leben: Wollen wir so weitermachen?

Vielleicht war Jesus derjenige, der vor 2000 Jahren schon gesagt hat: „Es reicht! Das muss aufhören! Party ist ja ganz lustig, aber irgendwo hörts auf."

Und er versuchte uns die Wahrheit näher zu bringen. Er wollte eine Botschaft hinterlassen, was ja auch niemand bestreiten wird. Aber wir haben sie nicht verstanden und

leben deshalb immer noch hier und verprügeln uns lieber, anstatt zu meditieren und zu kuscheln.

Ich gehe sogar so weit zu sagen, dass der Grund, warum es uns immer noch so beschissen geht, warum es hier immer noch an allen Ecken und Enden brennt, der ist, dass wir diese ganze Beterei am Ostersonntag einfach falsch interpretiert haben.

Was wäre, wenn wir uns nur einmal bewusst machen, – nur ein einziges Mal – dass wir an Ostern vor 2000 Jahren versagt haben! Dass es nicht Jesu´ Sinn war, am Kreuz für uns zu sterben, sondern dass wir es versäumt haben, ihn da runterzuholen. Vielleicht hatte er kurzzeitig die Hoffnung, so wie der Stier in der Arena, dass irgendwer kurz innehält und diesen ganzen Mist stoppt?

Aber er wusste, dass seine Aufgabe einen größeren Sinn hatte. Sein Ziel war es, vielen Menschen die Chance auf ein Erwachen zu ermöglichen. Er wollte der Welt eine neue Richtung geben. Doch wir sind falsch abgebogen.

Was wäre, wenn wir unser bunt bemaltes Osterei betrachten und erkennen, das hätte damals eigentlich ganz anders ablaufen sollen?

Dann würden wir heute vielleicht wirklich ein bisschen wacher durch die Straßen laufen. Wenn wir dann den Blick von unserem 900 € Iphone heben und sehen, wie Tierschützer nackt und kunstblutverschmiert in ihren übergroßen Fleischschalen liegen, dann denken wir vielleicht eher daran, dass der Lammbraten, den wir für Ostersonntag geplant haben, auch ein „Kind Gottes" war. Ein Kind, dass hier für uns stirbt, an statt dass wir es retten.

Vielleicht, wenn wir erkennen würden, dass der Tod Jesu Christi am Kreuz definitiv kein Grund zum Feiern, sondern eher ein Grund ist, sich zu schämen …

Vielleicht wären wir dann schon ein bisschen weiter, ein bisschen bescheidener, ein bisschen demütiger.

Wenn wir uns nicht jedes Ostern darauf ausruhen würden, dass Jesus unsere Sünden „hinweg" genommen hat, sondern darum beten, dass er uns verzeiht, weil wir so dermaßen versagt haben, damals, vor 2000 Jahren.

Vielleicht würden wir bei den vielen Dingen, die hier auf diesem Planeten gewaltig schieflaufen, früher aktiv werden, früher eingreifen, bewusster hin- und nicht ständig wegschauen.

Vielleicht ginge es uns schon besser und wir wären dem Himmel auf Erden schon ein bisschen näher.

Vielleicht …

Die Erziehung des Menschenge-schlechts

(1780) Gotthold Ephraim Lessings

Im ersten geschieht sie durch unmittelbare sinnliche Strafen und Belohnungen (=AT); im zweiten Stadium werden durch die Lehre von der Unsterblichkeit der Seele Lohn und Bestrafung ins Jenseits verlagert (=NT); und in einem dritten Stadium wird es keine Belohnungen und Strafen mehr geben, weil die menschliche Vernunft so weit entwickelt ist, dass die Menschen das Gute tun, weil es das Gute ist (=Ewiges Evangelium). Diese drei Stadien durchlaufen alle Völker, so dass man an ihren positiven Religionen den jeweiligen Entwicklungsstand ihrer Vernunft erkennen kann.

Gottes Mühlen mahlen langsam.

Das Energie-Niveau unserer Erde ist der Durchschnitt seiner Teile. Was sind schon 2000 Jahre im Verhältnis zur Unendlichkeit? Jeder, der hier ein kleines bisschen mehr sein Licht leuchten lässt, trägt dazu bei, dass wir unserem Himmel auf Erden ein bisschen näherkommen.

Aber wir haben noch einen weiten Weg vor uns, bis wir es wirklich geschafft haben, die Dualität aufzulösen und hier im Nirvana zu leben.

Bei all dem Wissen, dass wir heute angehäuft haben, bei all den Büchern („Über Nacht zum Millionär", „Bestellung beim Universum", „Wünsch es Dir einfach", „The Secret"), kommt unweigerlich die Frage auf: Warum leben wir nicht schon längst in einer friedlichen, händchenhaltenden, kreistanzenden und singenden Gemeinschaft?

Theoretisch können wir uns sofort erschaffen, was wir wollen. Jeder Motivationstrainer verkauft dir das. Jeder Transformationscoach erzählt dir den gleichen Senf. Und, dass das Arbeiten mit dem Resonanzgesetz funktioniert, wurde auch schon oft genug bewiesen.

Millionen werden verdient, unzählige Villen werden gekauft, die tollsten Persönlichkeiten gehen aus endlosen Seminaren hervor. Jeder will Reichtum und Erfolg, jeder ist sich bewusst oder vielleicht sogar davon überzeugt, dass das Gesetz der Resonanz funktioniert, dass wir anziehen, was wir ausstrahlen, dass wir den freien Willen haben. Wir meditieren, visualisieren, sprechen endlos Affirmationen und schreiben seitenlange Ziellisten. Trotzdem herrscht dieses Leiden auf unserem Planeten.

Woran liegt das?

Selbst wenn es möglich ist, dass wir uns jetzt und hier ein Traumhaus mit der Macht unserer Gedanken erschaffen und es theoretisch in der nächsten Sekunde wie aus dem Nichts vor uns manifestiert sein könnte, sind wir doch noch so schwerfällig, ist unsere Energie, noch so sehr mit der Materie verbunden, dass die meisten von uns hart und viel und lange arbeiten müssen, um uns überhaupt vorstellen zu können (uns in die Energie begeben können), dass uns die Möglichkeit offen stehen könnte, dass wir es wirklich fühlen (ausstrahlen) können, ein erfolgreicher, finanziell unabhängiger Hausbesitzer zu sein.

Wie schwer muss es dann erst sein, mir vorzustellen, mich in die Energie zu begeben und es somit auch in meine Realität zu ziehen: „Es herrscht überall Frieden auf dieser Welt! Niemand hungert. Die Meere sind gerettet."

Mal ganz davon abgesehen, würde mich interessieren, auf wie vielen Ziellisten irgendwelcher Unternehmer an oberster Stelle „Weltfrieden", „saubere Luft" oder „weltweiter Veganismus" steht?

Wie bei unserem Wunsch, Millionär zu sein, müssen wir uns hier Schritt für Schritt dem Energie-Stadium nähern, dass wir erreichen wollen. Bewusst, aktiv, aus freiem Willen. Raus aus der gewohnten Komfortzone, rein ins Tun. Raus aus: „Ich kann eh nichts ändern!", Rein in: „Los! Fangen wir an!"

Mit unserem energetischen Niveau können wir nicht auf einen rasenden ICE aufspringen, aber einen kleinen Zuckel-Zug holen wir vielleicht ein.

Das durchschnittliche Energie-Niveau unserer Erde ist noch weit von einem erleuchteten Planeten ohne Gewalt entfernt. Deshalb manifestiert sich der Gedanke: „Alle Menschen leben vegan!" auch nicht über Nacht. Aber während ich Schilder hochhaltend in der Fußgängerzone stehe, kann ich die Energie ausstrahlen: Es gibt immer mehr Tierschützer! Und kann genau das in mein Leben ziehen.

Während ich beim Bio-Bauern ums Eck mein Gemüse kaufe, spüre ich die Reinheit, das Licht und die Liebe die eine gesunde, regionale Lebensweise möglich macht. Und erschaffe in meiner Umgebung ein liebevolles Dorf, dass unserem Planeten auf der anderen Seite des Universums, dem, mit dem meditierenden und singenden Menschen, wenigstens im Kleinen schon ein bisschen ähnlichsieht.

Wir sind jetzt hier auf diesem Planeten, in diesem Stadium der Evolution. Wir können uns auf unserer Opferrolle: „Ich kann eh nix ändern!" ausruhen, oder wir können aufklären, retten und helfen. Wir können jeden Tag ein bisschen mehr Licht und Liebe in diese Welt bringen und so das durchschnittliche Energie-Niveau erhöhen.

Und wenn es uns gut tut, dann posten wir das alles groß auf Facebook und holen uns auch noch ein paar Likes und Kommentare oder animieren dadurch vielleicht jemand anderen, es uns gleich zu tun.

Der Schritt, dass ich diese Anerkennung auch nicht mehr brauche, ist der nächste, die nächste Stufe auf der Leiter der Evolution zum Licht. Dann ist es nämlich nichts Besonderes mehr, sich für das Richtige bzw. das Liebevolle einzusetzen.

Es geht ja auch nicht darum, dass einige wenige Menschen perfekt leben, sondern, dass möglichst viele, wenn nicht sogar alle ihr Bestmöglichstes, ihren jeweiligen Umständen entsprechend, geben. Jeden Menschen auf seiner Stufe der Evolution mit Liebe und Dankbarkeit zu betrachten, sollte unser Streben sein, wenn wir zur Weiterentwicklung dieses Planeten beitragen möchten.

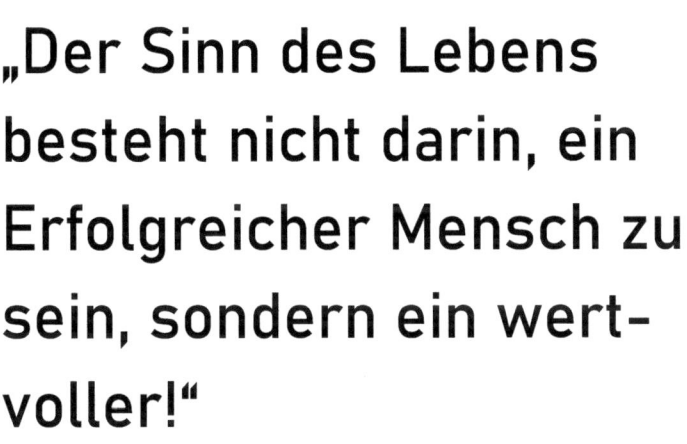

„Der Sinn des Lebens besteht nicht darin, ein Erfolgreicher Mensch zu sein, sondern ein wert- voller!"

Albert Einstein

Resümee

Und so steh ich hier, mit meinem Herzen voller Dankbarkeit.

Dankbarkeit gegenüber den vierfüßigen Engeln und zweibeinigen Helden.

Und ich bitte Jesus im Namen von uns allen um Verzeihung, dass wir so gravierend versagt haben, damals, vor 2000 Jahren. Und dass wir jetzt immer noch nicht wach genug sind, diesen Wahnsinn zu beenden.

Und ich hoffe, dass es nicht noch viel mehr Geschwister von uns braucht, die ein Leben in Schmerzen, Leid und Grausamkeit durchleben müssen, um dunkle Seelen auf ihrem Weg zu berühren.

Vielleicht wachen wir doch irgendwann alle auf einem stinklangweiligen, aber dafür hell erleuchteten Planeten in Liebe und Frieden dauerkuschelnd auf.

Und bis es so weit ist, klopfen wir noch weiter den schlafenden Menschen mit unseren Flyern auf den Kopf, um sie zum Nachdenken zu bringen.

Wenigstens ist es keine Keule mehr.

Und dann kam Corona.

Bin ich mit dieser, meiner Theorie ganz gut, glücklich und zufrieden durchs Leben gekommen, kam prompt die nächste Prüfung. Corona.

Plötzlich fühlte ich mich wieder komplett den äußeren Umständen ausgeliefert. Mein, bis dahin klarer Sinn und meine Aufgabe in meinem Leben, wurde mir genommen. Gerade zu Beginn gab es eine Zeit, in der es mir richtig schlecht ging und ich mich in meiner Opferrolle, in meinem Selbstmitleid und in anfänglichen Depressionen suhlte. Doch dann schaffte ich es, mich wieder auf den Grundsatz meiner Theorie zu besinnen.

Ich bin ein geistiges Wesen und ich habe es mir selbst so ausgesucht!

Unter dieser Betrachtungsweise, konnte ich die Verantwortung für meinen Zustand übernehmen. Witzig ist sogar, dass eine meiner Schülerinnen mich darauf hingewiesen hat, dass ich Corona, den Lockdown und das ganze Drumherum ja selbst mit angezogen haben könnte.

Diesem Gedanken ging ich nach:
1. Vorm Lockdown war ich gerade dabei ein riesen Projekt zu planen. Es war klar, dass ich nach diesem Projekt erst mal wieder krank flach liegen würde, wie es immer der Fall ist, wenn ich mir so etwas großes vornehme. Die ersten 3 Wochen vom Lockdown habe ich gefühlt komplett

durchgeschlafen, was mir als absoluter Workaholic extrem gut getan hat und was ich mir bewusst nie zugestanden hätte. Vielleicht hat mich dieser Umstand vor einem körperlichen Zusammenbruch oder Burn-out bewahrt.

2. Ein Jahr vor Corona habe ich einen Youtube-Kanal eingerichtet, den ich gerne Stück für Stück füllen und meine Bekanntheit deutschlandweit erweitern wollte. Beinahe täglich ärgerte ich mich, dass dafür ständig die Zeit fehlte. Jetzt war ich gezwungen online präsent zu sein und musste Videos für meine Schüler erstellen. Innerhalb dieses Corona-Jahres habe ich inzwischen 100 Youtube-Videos erstellt und hochgeladen, verschiedene Video-Projekte umgesetzt und eine kleine feine Fanbase aufgebaut.

3. Ich wollte immer eine Software haben, die mir die Vertragsabwicklung und alles was damit zu tun hat abnimmt. Ich bin kein guter Verkäufer und die Diskussionen was meine Kurse kosten fallen mir immer sehr schwer. Durch Corona hatte ich nicht nur die Zeit mich nach einer neuen Buchungs-Software umzusehen, sondern nach dem Lockdown war ich sogar gezwungen eine zu nutzen, damit die Teilnehmer meiner Kurse sich vorher online anmelden konnten. Somit hatte ich eine perfekte Begründung, meine Kunden/Schüler/Eltern dazu zu „zwingen" die Umstellung auf das neue System zu akzeptieren und mir wurde ein riesen Berg Buchhaltungsarbeit abgenommen.

4. Den Unterricht über Zoom anzubieten war zwar eine Umstellung, aber mit Kreativität und viel Spaß habe ich es doch geschafft einen großen Teil meiner Schüler die sieben Monate des zweiten Lockdowns zu unterrichten und an die Schule zu binden. Der Stolz, der mich durchströmte, wenn Eltern erzählten, dass es andere Sportvereine oder Musikschulen nicht so gut hinbrachten wie ich, genossen ich und mein ständig nach Anerkennung bettelnde Ego natürlich sehr.

5. Durch die lange Nutzung des Online-Unterrichts, ist es nun ganz selbstverständlich geworden, wenn Schüler nicht ins Studio kommen können, dass sie sich online dazu einloggen und somit den Unterricht und das Training nicht verpassen. Das lieferte meinem Wunsch, dass die Schüler regelmäßiger am Training teilnehmen sollen, eine Lösung, auf die ich ohne Corona nie gekommen wäre.

Es gibt noch ein paar Bereiche, die sich durch Corona für mich zum Positiven verändert oder erweitert haben, dass ich eine Zeitlang sogar richtig schlechtes Gewissen hatte, wie sehr ich unbewusst zum Lockdown mit dazu beigetragen habe.
Ich musste mir klar eingestehen: Ich wollte es so. Ich habe es mit meiner Energie in mein Leben gezogen. Nun muss ich auch die Verantwortung dafür übernehmen und hab keinen Grund mehr zu jammern. Ich erkannte, ich hatte klare Ziele, die mir durch Corona erfüllt und überhaupt erst ermöglicht wurden.

Da kommt wieder der Satz der Hexen und Magier zur Geltung:
„Bedenke, was Du Dir wünscht, es könnte in Erfüllung gehen."

Jetzt (Oktober 2021) sind wir an einem Punkt wo sich der ganze Wahnsinn wohl dem Ende zuneigt, es aber immer noch nicht in Sicht ist.
Egal welcher Seite ich zuhöre, wir sind alle gefesselt und fasziniert, was für ein Irrsinn hier möglich ist.

Und ich komme zurück zu meinen Theorien. Wir haben es uns so ausgesucht und müssen nur herausfinden, warum?

Durch unsere fixierte Fokussierung auf dieses Weltgeschehen, geben wir ihm immer mehr Energie und somit müssen wir da jetzt bis zum bitteren (oder schönen) Ende durch.
Denn es ist ein Film, an dem wir selbst und freiwillig als Schauspieler teilnehmen und wir wollen nun mal unbedingt wissen, wie er ausgeht.
Die Querdenker wollen erfahren, dass sie die ganze Zeit Recht hatten, die geimpften wollen den Beweis, dass sie zur Rettung der Krankenhäuser beigetragen haben, die ängstlichen sind so in ihrer Angst gefangen, dass sie gar nicht fähig sind ihre Aufmerksamkeit, ihren Fokus und somit ihre Energie davon abzuziehen und bräuchten Hilfe von außen, damit sie energetisch auf eine Ebene kommen, wo sie wieder Mut und Vertrauen in ein gutes Ende, in den Sinn des Lebens oder in Gott fassen können.

Was hindert uns daran, den „Fernseher" einfach auszuschalten, uns in die Natur zu setzen, zu meditieren und diesem ganzen Drama einfach den Rücken zu kehren? Der Wunsch das Ende zu sehen und das fehlende Bewusstsein darüber, dass wir es mit erschaffen haben, hält die ganze Situation am Leben.

Falls Du es schaffst Deine Neugierde zu zügeln, lieber lustige Tiervideos anstatt die Nachrichten zu sehen, trägst Du mit Deiner Energie dazu bei, in welche Richtung sich dieses Weltgeschehen weiterentwickeln wird.

Das Energie-Niveau dieses Planeten ist der Durchschnitt seiner Teile.

Und wieder ist es unsere Entscheidung, diesen Tag zum Schönsten unseres Lebens zu machen.

Irgendwann sitzen wir dann auf unserer Wolke, blicken zurück und erkennen den wahren Sinn.
Und dann können wir uns ja unterhalten, ob ich hier mit meinem Büchlein recht hatte oder nicht.

Ich freu mich drauf.

Weitere Bücher von Maria Anna Bröder

Wünsche aktivieren
Reihe: Schriftliche Meditation für mehr Klarheit und Freiheit
ISBN 978-3-75345-8922, 70 Seiten, DIN A5

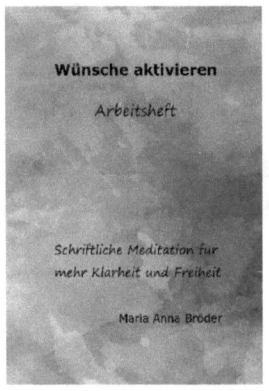

Der erste Schritt auf dem Weg Deine Ziele zu erreichen, ist es sie zu kennen. Sie greifbar zu machen. Im Alltagsstress sind unsere Gedanken oft so konfus und ungeordnet, dass es uns schwerfällt, uns zu fokussieren. In dem Moment, in dem Du beginnst Deine Ziele so zu konkretisieren, dass Du sie aufschreiben kannst, hast Du schon einen großen Schritt zu ihrer Verwirklichung beigetragen.

Ein Problem durchschauen
Reihe: Schriftliche Meditation für mehr Klarheit und Freiheit
ISBN 978-3-75344-1948, 64 Seiten, DIN A5

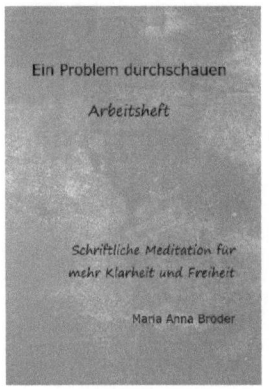

Jedes Problem, jede unerwünschte Situation/Realität bringt Dir einen Vorteil, auch wenn Du ihn Dir vorerst nicht eingestehen möchtest. Hinter jedem Ziel, jedem Wunsch, der für Dich schwer erreichbar scheint, versteckt sich ein "Nachteil" für Dich. Oft sind es nur Vorurteile, die ohne hinterfragt zu werden im Unterbewusstsein ihre Sabotagearbeit leisten. Mit diesem Arbeitsheft: "Ein Problem durchschauen" kannst Du Dir diese unbewussten Überzeugungen ins Bewusstsein holen.

Ich bin Ich

Reihe: Schriftliche Meditation für mehr Klarheit und Freiheit
ISBN 978-3-75346-4114, 70 Seiten, DIN A5

Dieses Heft ist Deine eigene Definition, Dein ganz persönlicher Wikipedia-Eintrag. Hier geht es nur um Dich. Wer bist Du? Was bist Du? Wie bist Du? Wo definierst Du Dich über andere, wo machst Du Dich von anderen abhängig? Nutze dieses Heft als eine absolute Bestandsaufnahme. Eine Inventur. Es gilt Grenzen zu erkennen und Unbewusstes bewusst zu machen. Erkenne starre Muster und Verhaltensweisen. Lerne aus ihnen mehr über Dich selbst und wachse. Wenn Du weißt, wer Du bist, hast Du die Möglichkeit wortwörtlich IN DIR zu ruhen.

Ein Ziel manifestieren

Reihe: Schriftliche Meditation für mehr Klarheit und Freiheit
ISBN 978-3-75346-2615, 66 Seiten, DIN A5

Zahlreichen Studien und Berichten zufolge denken wir täglich bis zu 60.000 Gedanken. Diesen ständig präsenten Gedankenstrom, diese ständig präsente Stimme im Ohr, tragen wir permanent mit uns herum und beeinflusst unbewusst unser Handeln, unsere Reaktionen und unser Befinden. Übernimm die Verantwortung und beeinflusse aktiv, was Du denkst und somit bewusst Dein Auftreten, Deine Ausstrahlung und Dein Leben.

Liebe und Akzeptanz in der Partnerschaft

Reihe: Schriftliche Meditation für mehr Klarheit und Freiheit
ISBN 978-3-75193-4008, 59 Seiten, 17x22 cm

Menschen, die wir lieben, oder die uns sehr nahestehen, können uns am meisten verletzen. Da uns diese Menschen so wichtig sind, legen wir jedes Wort, jede noch so kleine Reaktion auf die Goldwaage. Hinterfrage ich aber meine eigene Reaktion, habe ich die Möglichkeit, mir tiefere Verletzungen, Muster oder Gewohnheiten ins Bewusstsein zu holen, zu erkennen und somit aufzulösen. Wenn ich mir selbst absolut klar bin, was ich will und warum, kann ich meinem Partner helfen mich zu verstehen und die Partnerschaft/Beziehung kann wachsen und reifen. Gemeinsam könnt Ihr so Eure Partnerschaft und Eure Zukunft bewusst gestalten. Mit Hilfe dieses Hefts kann aus einem Streit ein gemeinsames Erforschen und Entdecken werden.

40 Online-Ideen; Tipps und Spiele für Deinen online Turn- und Tanz-Unterricht

ISBN 978-3-75265-9177, 38 Seiten, DIN A5

Der Lockdown hat uns alle überraschend getroffen. Schnell mussten wir unseren Unterricht komplett umstellen, um den Spaß am Training auch online aufrecht zu erhalten und trotzdem ein ordentliches Training zu bieten. Hier findet Ihr ein paar Ideen die sich in meinem Online-Unterricht bereits bewärt haben und den Kindern viel Freude bereiten. Den trockenen Technik-Unterricht kann man so schnell mal auflockern und für technische Übungen ist die Konzentration dann wieder besser.

Mein Tanz-Tagebuch

ISBN 978-3-75344-2501, 90 Seiten, DIN A5

Ein Ziel ohne einen Plan ist nur ein Wunsch. Das hier ist kein einfaches Tagebuch. Es ist eine Hilfestellung, ein Trainings-Tracker und Freundebuch. Mit Tipps und Tricks einer erfahrenen Ballett- und Tanzlehrerin. Und sogar Deine Freunde und Deine Tanzlehrerin haben Platz sich hier in Dein Tanz-Tagebuch einzutragen. Kleine Aufgaben fördern die Motivation und Deine Fortschritte kannst Du hier wunderbar dokumentieren und siehst so jede Woche was Du geleistet und erreicht hast.

Nachschlagewerke:

„Ein Kurs in Wundern", ISBN 3-923662-18-1, Greuthof Verlag

„Das Wirken Bruno Grönings zu seinen Lebzeiten und heute", Thomas Eich, ISBN 3-927685-43-7, Grete-Häusler-Verlag

„Ich bin das Licht!", Neale Donald Walsh, ISBN 3929475898

Frederic Dodson
„Increase your Energy"; ISBN 1541062922
„Energie-Level – Eine spektrale Reise durch die Bewusstseinsebenene" ISBN 3890946941
„Reality Creation Coaching" ISBN 9783890945064
„Reality Creation für Fortgeschrittene ISBN 3890945988
„Paralleluniversum des Selbst" ISBN 3890945988
„Reality Creation – Die kontrollierte Erschaffung von Realität" ISBN 3890943942
„Reality Creation and Manifestation" ISBN 978-1534842809
Und weitere seiner Bücher zum Thema Reality Creation und Energie-Level.

Joel S. Goldsmith
„Die Gabe der Liebe", ISBN 978-3-7964-0193-0
„Die Gegenwart Gottes Praktizieren", ISBN 978-3-7964-0256-2
„Der unendliche Weg", ISBN 978-3-7964-0241-8
„Den unendlichen Weg verwirklichen", ISBN 978-3-7964-0244-9
„Der Donner der Stille", ISBN 978-3-7964-0242-5
„Die Kunst der Meditation", ISBN 978-3-7964-0243-2
„Die Kuns der geistigen Heilung", ISBN 3-7964-0192-9

Ein dickes Dankeschön möchte ich auch noch Mirko Betz, dem Großstadtmönch aussprechen:
Seine Texte auf Facebook haben mich immer sehr in meiner Art zu denken bestärkt und ohne es zu wissen hat er so mit dazu beigetragen, dass ich es geschafft habe dieses Büchlein zu vollenden. Vielen Dank, lieber Mirko.
https://m.facebook.com/Mirko.R.Betz   www.mirkobetz.com